PARIS
France
Madrid
spaña
Italia
Roma
Greece
Mittelmeer

Meinem
großen Bruder,
zum 21. Geburtstag!

Ute

rororo tomate
herausgegeben von Klaus Waller
Redaktion Ebi Naumann
Herstellung Ingrid Eitner
Umschlagentwurf Jackie Niebisch
Veröffentlicht im Rowohlt Taschenbuch Verlag GmbH,
Reinbek bei Hamburg, Mai 1985

Lithographie Clevers Reprotechnik, Hamburg
Satz Garamond (Linotron 202)
Gesamtherstellung Clausen & Bosse, Leck
Printed in Germany
980-ISBN 3 499 15552 2

# Die Erlebnisse des kleinen Trampers Jackie

von Jackie Niebisch

rororo

Rowohlt

Ich war grad am Ende meines Winterschlafs angekommen, als meine Mammi in der Tür erschien und mich weckte.
«Aufstehn, Jackie, es ist Frühling ...»
Ich erst mal gegähnt, welcher Monat is'n heut, und mir den Sand aus den Augen gerubbelt. Während ich anfing, meine müden Knochen zu schütteln, schob sie die Vorhänge beiseite und machte das Fenster einen Kilometer weit auf, daß meine müden Äuglein fast 'n Helligkeitsschock kriegten. Ich dachte mir, erst mal wieder unter die sichere Decke zurück und vierzehn Tage ausdösen, aber da war's schon zu spät. Überall die frische Frühlingsluft, und auf der Stelle bekam ich wieder so 'n sommerliches, warmes Reisegefühl.
Übrigens ein Gefühl, das ich schon sehr lange kenne. Denn wenn ich meinen Eltern glauben kann, muß ich schon extrem früh mit Trampen angefangen haben. Wenn sie sich irgendwas erzählen oder sich an was erinnern, was vor meiner Geburt war, heißt es immer, das war damals, als du grade unterwegs warst ...
Also, ich mich erst mal angezogen und die Weihnachtsgeschenke ausgepackt. Und siehe da, ein neuer Rucksack. Schön braun und nicht der kleinste. War natürlich im Nu gepackt: Zahnbürste, Kochgeschirr, Mundorgel und viele andere kleine Sächelchen. Und dann stand Tramper Jackie vor der Tür. 'n Frühling wie im Bilderbuch, schön grün und duftig. Die Piepmätze warn voll am Zwitschern, ein geiles Feeling, jetzt kommt der Freeling, oder so ähnlich. Ich guckte noch mal richtig rauf in den blauen Himmel, und ich muß schon sagen, die paar dicken weißen Wolken erinnerten mich außerordentlich stark an mein weiches Bett. Doch ich gab mir 'n Ruck. Auf geht's, Jackie, Luft, Liebe, Weite und Straßen sind angesagt, du hast alles, was du brauchst, alles okay, bist gesund, gut drauf, die Finanzen stimmen ... Moment mal, da fiel mir ein ... ich krieg ja noch fünf Monate Taschengeld nach ...

Am Kontrollpunkt vor der Grenze ist immer hei-leif. Wenn ihr mal selber diese Strecke trampt, kriegt keinen Schreck, alles voller Rucksäcke und Daumen. Zuerst denkste, Mann, so viele Tramper, da kommste nie weg, aber irgendwann klappt's immer. Wenn die Sonne scheint, isses sogar richtig gemütlich. Alle quatschen miteinander, wo willste hin, Richtung Köln? Da hält grad einer, beeil dich, hat noch 'n Platz frei, und manchmal klimpert einer mit 'ner Gitarre dazu.
Ich hatt mir die Beine nur ungefähr 0,5 Zentimeter in 'n Bauch gestanden, als ich meinen ersten Lift kriegte. An dieser Stelle kann ich euch übrigens das Geheimnis verraten, wie man im Sommer zu einem Schnupfen kommt: Ihr steigt wie ich in so 'n Käfer, älteres Baujahr. Nach fünf Minuten wird's innen sehr warm. Die ganzen Tramper fangen an zu reden, is das warm, ganz schön heiß hier drin, kann man denn nicht die Heizung kleiner stelln? Au ja. Aber der Fahrer sagt, sorry, mein Heizungszug ist festgerostet, wenn ihr wollt, mach ich dafür das

PLaste & ELaste

Seitenfenster auf ... Dann gibt's 'n netten Zug, und schon fängt der erste an zu niesen. In diesem Fall so 'n alter niedlicher Student, der neben mir saß. Er hieß Siggi und schniefte die ganze Fahrt lang vor sich hin. Er erzählte mir, daß er schon im 61. Semester wär ... ho-tschiih! ... hätte schon alles mögliche studiert, Philo-Dingsbums, und, und irgendwas mit lauter Sozio- und Psycho-Sachen. «Ratet mal ... ho-tschiih! ... wie alt ich bin?» Wir sagten, na ja, schätzungsweise um die Fünfzig, aber Siggi hat nur gekichert, wir wären nicht die ersten, die ihn zehn Jahre jünger schätzten.

«Aber dann lohnt sich das doch gar nicht mehr, zur Uni gehn. Kriegst doch bald Rente, oder?»

«Dann geht's erst richtig los, Kleiner. Wenn ich mein Altersgeld krieg, brauch ich nebenbei nich mehr Taxi fahrn und kann mich voll auf meine Diplomarbeit konzentriern ...»

Ich dachte mir, na ja, is wohl besser, als im Altersheim dahinzudämmern.

Wenn man von Berlin aus nach Wessiland fährt, so durch die ganze DDR, würde man glatt einschlafen, wenn die Schlaglöcher nich wärn und die ganzen fiesen Radarkontrollen. Die brummen dir auf der Stelle 'n schönes Sümmchen auf, in bar. Und dann auf der ganzen Strecke kriegste nur Ost-Sender gut rein, und wenn de keine Cassetten dabeihast, geht dein ganzes Traveller-Feeling flöten. Wie so 'n Vorfilm in Schwarz-weiß. Da fährste durch 'n Land und hast keinen blassen Schimmer. Bist froh, wenn de heil durch bist, ohne Panne, ohne zu zahlen, hast immer Schiß, weil, dir darf nix passiern. (Das Ganze hat irgendwie mit dem Krieg zu tun, weiß nich viel davon, damals war ich noch auf'm ganz andern Stern; die wollten Deutschland verkleinern, in Gemeinschaftskunde ham wir das mal gehabt, bei Frau Zill, damit nich mehr so viel Nazis entstehn können. Dann ham sie alles aufgeteilt wie 'n Kuchen, und inner Mitte 'n dicken Krümel übergelassen, der sich Berlin nennt. Na ja, und jetzt gehörn wir alle zu Amerika, so 'ne Art Taschenausgabe. Wir mußten nämlich mal 'n

Aufsatz darüber schreiben. Und die andern gehörn zu Rußland. Wir könn' uns die ganzen Platten kaufen, Elvis, Beatles, Stones, Turnschuhe anziehn und Bluejeans. Die andern müssten alle Russisch lernen und kleine knattrige Trabis fahrn. Dafür ham sie aber viele Goldmedaillen. Zill hat mir keine gute Note gegeben, aber wie gesagt, Gemeinschaftskunde war noch nie mein Fach.)
Am besten machste einfach die Augen zu und stellst dir vor, du wärst auf'm Highway, east coast – west coast. Berlin is New York und Helmstedt L.A.
In den Raststätten dazwischen gibt's übrigens lustige Preise, mit so Pfennigen hintendran. Kaffee complett kostet 87 Pfennig, und die andern Sachen sind auch ganz billich. Siggi meint, das Essen wär nich schlecht für den Preis. Aber ich finde, das mit der Cola ham sie noch nich hingekriegt.
Wir uns also an den Tisch gesetzt und bestellt. Uns gegenüber saßen richtige DDR-Leute. So dicht, wir hätten die beinah anfassen können. Die sahn genauso aus wie wir, 'n bißchen andere Sachen an, andere Farben, und wenn die mehr gesprochen hätten ... na ja, wir ham auch nich grade viel gequatscht. Guten Tag heißt dort jedenfalls auch Guten Tag. Is hier noch 'n Platz frei? Auf Wiedersehn. Genau wie bei uns. Nur das Geld ist ganz anders. Total Blech und kleine niedliche Scheine.

Für Tramper wär's gar nich schlecht, weil's schön leicht is, aber die Bonzen da drüben machen sich ins Hemd. Erlauben nich, daß ein West-Auto 'n Ost-Tramper aufpickt.
Nach unsrer kleinen Pause ging's über Magdeburg weiter nach L.A. Die ganzen bekannten Schilder tauchten auf, Transitübergang, einordnen, Spur B, und die ganze Grenz-Äktschn. Zuerst wieder 'ne kleine Vorkontrolle, Zwischenkontrolle, Hauptkontrolle und dann auf unserer Seite Nachkontrolle mit Computer (Pieps). Bei den DDR-Leuten, die fragen einen ja immer persönlich. Waffen Funkgeräte Munition. Aber wenn ich mir das so vorstell, daß einer das tausendmal am Tag ... Oder die Ausweiskontrolleure: Einer hat ganz scharf meine Kinder-Lichtbildbescheinigung beäugt, weil, da hab ich noch von früher 'ne Kahlschlagfrisur aufm Foto. Ich frag mich immer, wozu das eigentlich gut sein soll, diese ganze Ausweis-Spechterei, davon kriegen die doch nur Paßbildränder untern Augen ...

Zwei Stunden im Wind stehn is mir zuviel! Ich streike!
Schnarch

Unterwegs hab ich immer 'ne Menge lustiger Leute getroffen. Manche von ihnen kannten sich untereinander und hatten sich schon an den verrücktesten Orten getroffen. Inner Kneipe in Madrid, im Kino in Venedig. Die verabreden sich ständig, kurz ma so nach London, nächste Woche Paris oder nächsten Dienstag zum Souflaki in Athen.
Einer zum Beispiel hatte bei sich zu Haus 'ne große Landkarte überm Bett. Er sammelte Orte wie andere Leute Briefmarken. Überall, wo er war, steckte er ein Fähnchen hin. Ich nannte ihn einfach Landkartenabklapperer. Er hat mir erklärt, daß er immer ganz generalstabsmäßig vorgehn würde. Und dieses Jahr wollte er über Frankreich nach Spanien vorstoßen.
Einmal hab ich ihn ertappt, wie er einige Orte abhakte, die an den Ausfahrtsschildern standen, an denen wir bloß vorbeifuhren.
Ich hab ihm gesagt, das finde ich eindeutig Mogelei. Er hätte korrekterweise mindestens einmal durchfahrn müssen.
Aber er meinte nur, das wär schnuppe, nur 'ne kleine Erleichterung. Lohnt sich nicht, extra Zeit zu verliern. «Die meisten Orte sehn genauso aus, wie sie klingen, und manche Namen kenn ich inzwischen so gut, als sei ich selber dagewesen.»
«Das mußte mir erst mal erklärn», hab ich mich gewundert.
«Ganz einfach. Durch alles, was auf -bach endet, fließt Wasser durch. Oder wenn -dorf hinten steht, ist's erst mal was Kleines, meistens mit 'ner Kirche in der Mitte. Oder zum Beispiel Heidelberg. Gibt's Berge und Heidelbeeren ...»
«Na schön», hab ich gesagt, «du piekst alles voller Fähnchen, aber ich finde, es is besser, Leute kennenzulernen.»
Er überlegte erst 'ne Weile, und dann fand er die Idee ganz toll.
«Genau, ich werd von jetzt an nicht nur die Orte kennenlernen, sondern

auch noch die Bewohner. Ich werd überall Unterschriften sammeln und auf schön langen Listen ihre Namen festhalten.»
Weil er noch ganz am Anfang seiner Volkszählung war, mußten wir unsere Autogramme erst mal provisorisch in seinen Taschenkalender schreiben. Ich hab noch 'n kleines Mondgesicht dazugekritzelt, kann ja sein, daß er's leichter wiederfindet, falls er mal Listenmillionär wird.

Einmal kam ein seltsamer Vogel reingeschneit, wollte nach Frankfurt. Unser Auto war zwar fast voll, aber der Fahrer hielt trotzdem, weil, das Wetter war ziemlich mies.
«Hei, ich bin Georg, nennt mich einfach Schorschi.»
Er fühlte sich gleich wie zu Hause und bediente sich aus allen Zigarettenschachteln, qualmte wie ein Schlot, haste mal 'ne Fluppe hier, haste mal 'ne Lulle dort. Hätt sich fast 'ne Entschwefelungsanlage einbaun lassen könn.
«Mann, hab ich 'n Kohldampf, habta ma 'n Stück Brot an Bord? Was seh ich denn da drüben, Schokolade! Reich ma 'n Riegel rüber ...»
Er redete am laufenden Kilometer aus seinem Leben, die Welt is ja so beschissen, die Leute wärn die letzten Spießer, nich so gute Kumpels wie wir, wär schon dufte, daß wir ihn mitgenommen haben, kein Schwein hält bei dem Wetter. «Mann, ich muß ma pinkeln, haltet doch ma eben, mach mir sonst glatt ins Hemd ... übrigens, will ja nich meckern, aber der Sound eurer Boxen is ziemlich mickrig, hab zufällig 'ne eigene Cassette dabei, schieb doch ma kurz rein ...»

Zum Schluß setzten wir ihn ganz korrekt am Frankfurter Kreuz ab. «Ihr könnt mich doch hier nicht einfach aussetzen ... ihr könnt doch für Schorschi mal eben schnell zum Bahnhof dreiwen ... nicht? ... das find ich echt unfair ... dann könnt ihr mir wenigstens 20 Eier leihn bis nächste Woche ...»
Nachdem wir ihn abgesetzt hatten, hat uns Schorschi noch todbeleidigt nachgeguckt.

Letzten Samstag bin ich zusammen mit einem Mönch getrampt, der mir viel vom Buddhismus erzählt hat. Er heißt Govinda und will nach Indien rüber, aber weil die Bundesligarunde noch nicht zu Ende ist, macht er noch 'n paar kleine Umwege.

Er hat sich extra 'n kleines Schwarz-weiß-TV besorgt. Bayern führt zwar, aber Govinda meint, daß Gladbach und Werder auch noch Chancen hätten. Jedenfalls will er den Endkampf nich verpassen.
Wir kamen erst überhaupt nich weg und ham uns die Beine mindestens 1,5 cm in 'n Bauch gestanden. Kann schon 'ne nervige Sache werden. Immer dasselbe Spielchen, hoffentlich hält das nächste kleine Pünktchen an und nimmt dich mit, doch dann kommt's näher, wird immer größer, und rrooooooaaarrr, weg isses.
Als wir endlich unterwegs waren, erklärte er mir einige von Buddhas Lehren, aber ich hab nich so viel kapiert von den ganzen Dharmas und Skandhas oder so ähnlich. Die Hälfte der Fahrt redeten wir von der These, daß das Leben nur Leiden sei. Okay, solange alle Autos vorbei-

fahren, geb ich zu, hat Buddha recht, aber wenn einer anhält, ist das ganz klar 'ne Freude. Und wenn sie noch so kurz ist. Und du freust dich beinah um so doller, je mehr vorbeigefahrn sind. Die zweite Hälfte der Fahrt redeten wir andauernd davon, daß nichts von Dauer wär. Daß man schöne Momente nich festhalten kann. Aber ich finde, daß die Vergänglichkeit sie erst wertvoll macht. Und außerdem kann man sich auf eine Sache freun und hinterher daran erinnern, und das macht vieles schon 'n bißchen länger. Govinda erzählte auch Sachen, die ich gar nich schlecht fand. Buddha hätte gesagt, man soll den Egoismus bekämpfen und Liebe und Gefühl für alle Mitwesen haben, nich knausrig sein im

Geben und Nehmen. Außerdem muß er 'n echter Hitschhaiker gewesen sein, is damals in ganz Indien herumgekomm.
Um kurz vor 18 Uhr ließen wir uns an der nächsten Ausfahrt absetzen, denn Govinda wollte nicht die Sportschau verpassen. Zuerst hielten wir nach einem passenden Hügel Ausschau, für 'n guten Empfang. Während noch die Tagesschau lief, hat er versucht, mir den Tabellenstand zu erklären: Wenn Bayern verliert und Gladbach auswärts gewinnt, übernimmt Gladbach die Spitze, vorausgesetzt daß der VfB zu Haus gegen Werder gewinnt, oder so. Schalkes Chancen wärn auch nich schlecht. Bei Köln reicht's höchstens noch fürn UEFA-Cup. Als die Sportschau endlich losging, war er voll mit am Ball. Er konnte sich dabei immer so schön über Fouls aufregen. «Krishnamurti! Das hätt 'n Elfer geben müssen, das gibt's ja nich ... Hare Rama noch mal!»

Heut hab ich einen tiefen Schriftsteller kennengelernt. Wir standen zusammen anner Raststätte und versuchten wegzukommen, was gar nich so einfach war. Weil, immer wenn die Leute sein Bücherregal sahen, gaben sie nämlich Gas. Ich hatte mir meine Beine ca. 2,5 cm in 'n Bauch gestanden und dachte, suchste dir lieber alleine 'n Lift, mit so 'ner wandernden Bibliothek kommste nie vom Fleck. Daß wir dann doch zusammen gefahren sind, lag daran, daß sich in letzter Sekunde ein VW-Transporter unser erbarmte.

Ich hab ihn gefragt, warum er sein Regal nich zu Haus lassen würde.

«Schmökern Sie sehr viel am Strand?»

Er hat mir dann erklärt, daß jeder gute Schriftsteller drei Dinge braucht: Pfeife, Bücherregal und Tiefe. Falls nämlich überraschend das Kamerateam einer Kultursendung aufkreuzen würde, um ihn zu interwjuhn. Das Regal wär dann für den Hintergrund und die Pfeife für den Vordergrund.

«Und was ist mit der Tiefe?»

«Nun, die Tiefe erscheint im Gesichtsausdruck.»

Ich blickte noch nich ganz durch und fragte ihn, wie er das macht.

«Ich fliehe das Flache. Ich schreibe nichts Oberflächliches.» Er gab mir sogar 'n Beispiel:

«Ein flaches Gedicht ist, wenn man schreibt, ich liebe dich, Herz auf Schmerz reimt, den banalsten Gefühlen freien Lauf läßt. Wenn man aus Liebe für jemanden die Sterne und sogar den Mond vom Himmel holen will.»

Ich hab ihm gesagt, so 'ne Pfeife könnt ich auch paffen, ohne Lunge. Aber das Regal wär mir echt zu schwer. Er meinte, Äußerlichkeiten allein würden nich ausreichen, man müßte schon in tiefere Schichten, von wegen Reise nach innen und so. Aber da man da nich trampen kann (wahrscheinlich hält keiner, und du mußt die ganze Strecke zu Fuß abklappern), hab ich mir gedacht, fährste erst mal nach Frankreich.

Das erste Mal, als ich Globetrotter-Paul traf, war er als Pfarrer unterwegs. Wir standen gemeinsam im Regen, und er schaute 'n bißchen mürrisch drein. Zuerst hatte er sich immer nur ein anderes Aussehen gegeben, um schneller mitgenommen zu werden. Aber inzwischen machte ihm das Schauspielern 'ne Menge Spaß. Er ging richtig auf in seinen Rollen. Er wollte, daß ich ihn mit «Hochwürden» anspreche, und solange er so 'n Talar anhatte, redete er die andern mit «mein Sohn» an. Er vergaß nie, sich zu bedanken, wenn ein Auto seinetwegen anhielt. «Der Herr sei mit dir, möge dein Vergaser lange halten und die Zündung! Und wenn du mich noch ein Stückchen in die Stadt reinfährst, schließ ich dich, mein Sohn, in mein heutiges Nachtgebet mit ein.»
Eine andere seiner Rollen hieß Rosalie. «Als Mädchen», sagte er, «hastes leichter. Die Kerle versuchen zwar ständig zu fummeln, aber wir sind ja zu zweit. Also, ab jetzt, solange ich dieses Kleid trag, bin ich deine große Schwester und du mein kleiner Bruder.»
«Alles klar, Hochwürden ...»
In der Regel ging alles ganz gut, aber wenn einer mal anfing, an ihr rumzufingern, rief ich immer, Hände weg von Rosalie! Aber nich alle Autofahrer sind geile Böcke. Manche warn so brav und lieb, daß sie zum Schluß ein Riesen-Abschiedsküßchen bekamen.

Wir gewöhnten uns auch an, nich mehr mit Lkw zu fahrn, da kann man schnell ins Fettnäpfchen treten. Ganz am Anfang hat nämlich gleich so 'n Lkw-Fahrer angehalten, der war scharf auf Rosalie.
«Ein süßes Schwesterlein hast du da, mußt wohl auf sie aufpassen? Keine Bange, ich bin ganz lieb zu ihr.» Und dann fuhr er auf 'n Parkplatz und rückte ganz nah an sie ran.
«Aber Schätzchen, du hast ja so große, dicke Ellbogen?!» – «Damit ich dir besser eine in die Rippen schieben kann.» – «Und so ein haariges Kinn?!» – «... damit ich dich besser vernaschen kann ...» – «Na so was, und so riesige Kniescheiben?!» – «... damit ich dir besser eine pfeffern kann, wenn du da noch mal anfaßt!!»
Jedenfalls bekam unser Lastkraftfahri plötzlich Muffensausen und fuhr uns schön artig bis ans Ziel.
Wenn Globe-Paul dagegen Küßchen verteilte, wie vorhin, wirkte er gar

nich mehr so rauh und stachelig. Ich hab ihn gefragt, ob er immerzu allein wäre, ob er 'ne Familie hat. «Du meinst verheiratet, mit Frau und so? O jeh, damit hab ich nichts am Hut, gibt nur Trabbel. Ich sach dir, Kleiner, die Mädels wolln was Festes. Die nehm kein' mit 'ner Plastiktüte. Wenn de kein festen Wohnsitz hast, findense alle unanständich. Aber ich sach mir immer, so'n Quatsch, dann müßte das ganze Weltall unanständich sein, oder haste mal 'n seßhaften Stern gesehn?» Ich hab ihm gesagt, wir hätten mal in Erdkunde gehabt, daß es auch Fixsterne gibt.

«Ich sach dir, alles is in Bewegung, auch die Sachen, wo de glaubst, die sind ganz fest.» Und dann erklärte mir Globe-Paul seine Urknall-Theorie. «Das war so, zuerst gab's 'n Riesenknall, das heißt, kurz vor dem Knall, da war das Weltall noch ziemlich klein, so Schuhkartongröße, und dann hat's Wumm gemacht, und alles flog auseinander. Ich sach dir, alles flog weg, hat sich gedreht und rotiert, Krümel und Staub, das ganze Universum, zich Millionen Teilchen, große und kleine. Und wir, du und ich, sind alles Teilchen von dem großen Knall. Klar, manche werden immer langsamer, kommen zur Ruhe, werden, will ma so sagen, häuslich, haben einfach weniger Drive abbekommen als die Nichtseßhaften ...»

Er erzählte noch 'n bißchen weiter, und dann hauten wir uns in die Schlafsäcke. «Haste schon ma 'ne Freundin gehabt?» fragte mich Globe-Paul.

«'n bißchen», hab ich gesagt, «nur kurz. Ich schlaf immer zu lange.»

«Sach ich doch, Kleiner, bei die Fraun, da mußte schon Frühaufsteher sein.»

Heut hab ich den schnellsten Lift meines Lebens bekommen, von einem BMW-Fahrer, aber ehrlich gesagt, ich war froh, als ich wieder auf meinen eigenen Füßen stand. Entweder halten die nie oder fahrn so schnell, daß dir schwindlig wird. Außerdem macht's überhaupt keinen Spaß, wenn man rechts und links nichts mehr erkennt, statt Landschaft nur noch grüne Streifen. Ich hab mindestens 'n halben Liter Wasser geschwitzt ...

«Aber wer wird denn gleich Angst haben? Die Autobahn ist zum Rasen da, dafür ist sie gebaut. Oder hast du etwas gegen Autobahnen?»

«Nö, nö, zerstörn nur 'n bißchen die Wälder.»

«Was heißt hier zerstören! Sie verbinden die Menschheit miteinander ...»

Während ich mich am Sitz festhielt, versuchte ich ihm zu erklären, daß so 'n kleiner Igel nich viel davon hat, wenn er seinen Kumpels auf der andern Seite mal 'n Besuch abstatten will.

«Sieh mal, Kleiner, du mußt das Ganze von der biologischen Seite sehn. Das ganze Autobahnsystem funktioniert wie ein Organismus. Habt ihr doch sicher mal gelernt im Naturkundeunterricht. Die Welt ist praktisch wie der Körper eines Menschen. Nervenstränge, Muskeln, Blutkreislauf. Und die Straßen sind die Adern, capito? Rauf nach Hamburg die Vene, runter nach Basel die Arterie ... ich sag dir mal was ... quietsch,

brems … es ist einfach ein irres Gefühl, die Piste runterzubrettern … roaaaaar … meinst du, ich jieper wie 'ne lahme Walze durch die Dörfer? … nee, ich nich … schließlich hab ich einige PS unterm Sessel … wart ma ab, bis du deinen Führerschein hast, dann redest du ganz anders …»
Obwohl mir nicht gerade unschlecht war, dachte ich mir, hältste tapfer durch, eine Hand am Haltegriff, die Augen auf 'n Mittelstreifen. 'ne Weile klappte es, aber dann fing der Bio-Unterricht wieder an.
«Wenn also unser Verkehrssystem wie ein Blutkreislauf ist, was sind wir dann wohl, wir in unsern Flitzern? Klarer Fall, wir sind die Blutkörperchen. Und die Polizei da draußen, bei dem kaputten Blutkörperchen, das sind die Viren, die einen ständig piesacken mit Strafzetteln etc …»
Es hat gar nicht lang gedauert, bis uns so ein Virus wegen überhöhter Geschwindigkeit verfolgte. Aber Klein-Rasi wollte nicht aufgeben. «Ich sag nur eins: Abwehrkräfte mobilisieren und Gas geben.» Das Ganze endete im Funkwagen mit dem ganzen andern Kram, Röhrchen pusten, Geldstrafe, Führerschein futsch («Meine schöne Pappe») und so. Na ja, ich verdrückte mich einfach auf 'n Seitenstreifen und wartete auf 'n kleines, gemütliches Auto.

Am nächsten Tag sind wir, ich und mein Daumen, dann auch von einem grünen Aufpasser beäugt worden. Zuerst hat der Tag aber prima angefangen. Hab schön im Freien geschlafen, mit Grillenzirpen und Vogelgezwitscher. Ungefähr so 'ne Stimmung wie bei der Margarine-Reklame, wo sie alle frühstücken, und der Himmel ist ganz blau. Nebenbei gesagt, es is wirklich 'n tolles Gefühl, wenn man auf dem Rücken ausgestreckt gen Himmel liegt. Man kann richtig die Anziehungskraft der Erde fühln. Ich kann nur allen dringend raten, mal open air zu schlafen und sich nicht von den Horrorstories abschrecken zu lassen, von wegen Blindschleichen im Schlafsack oder Hirschkäfer im Gehörgang. Wer Schiß hat vor dem ganzen Kribbeln und Krabbeln, der kann ja 'ne Kapuze nehm, die man mit 'm Reißverschluß dichtmachen kann.

Nach 'm Frühstück und 'ner Katzenwäsche stand Tramper Jackie mit dem High-way-Feeling on the road again. Hab mir extra 'n neues Schild gemalt, schön bunt, weil, die Leute lieben das. Mercedes, BMW und Ford halten seltner. So Enten, Renaults und andere rostige Kleinwagen, da sind die Schangsen besser. Aber hundertprozentig weiß man nie, wer hält. Kannste totale Überraschungen erleben. Ein Freak fährt vorbei, 'n Geschäftsmann hält an. Nur bei Kleinfamilien, da kannst Gift drauf nehmen, daß die nich halten, und wenn's noch so schifft! Vielleicht ham die so 'ne Art Schutzinstinkt, Henne und Ei oder so. Alleinfahrende Frauen halten auch fast nie. Ich geb mir zwar immer Mühe, ganz lieb auszusehn, aber vielleicht sieht man das von weitem nich so genau. Ob dich zwei Verliebte mitnehmen, hängt davon ab, was für 'ne Liebe die ham, ob die ganz für sich alleine turteln. Wenn ich zum Beispiel verliebt bin, könnt ich echt zum Samariter werden, so ziemlich die ganze Welt umarmen. Aber manche umarmen nur den einen und übersehn dann kleine Tramper am Straßenrand. Nich übersehen hat mich jedenfalls der grüne

Gesetzeshüter. Er sagte, ich dürfe da, wo ich stehe, nicht stehen, dürfte keine Kraftfahrzeuge anhalten. «So geht das nicht, kleiner Mann, wo willst du denn hin, zeig mal deine Papiere.» Ich zeigte ihm meine Lichtbildbescheinigung, die er ganz genau ansah, als hätt ich was ausgefressen. «Hm, hm, brummel, brummel, hier stehn ist jedenfalls verboten, außerdem, dein kleiner, dicker Daumen irritiert alle Autofahrer.» Mein zartes Däumchen war auf der Stelle stinksauer.

«Nach der geltenden StVO müssen überstehende Hindernisse ausreichend gekennzeichnet werden.» Er sagte, man müsse das «Hindernis» mit reflektierender Leuchtfarbe bestreichen oder einen Rückstrahler anbringen. (Ein Alptraum für mein Däumchen!)
Ich versprach ihm hoch und heilig, alles nachzuholen, bloß kein Bußgeld, weil, ich mußte mein Taschengeld schonen.
Weil er schon mal angefangen hatte, an mir herumzumäkeln, entdeckte er noch viele andere Sachen, z. B. meine Fingernägel.
«Hab schon viele Tramper kontrolliert, rechte Hand lange Schaufeln, linke Hand wie abgeknabbert. Sicheres Indiz für Gitarrespieler.»
Ich hatte irgendwie das Gefühl, daß er sich auf Rucksackträger spezialisiert hatte. «Sagn Sie, haben Sie eigentlich was gegen Tramper? Ich mein, sind Sie früher nie selbst getrampt?» Er sagte, höchstens mal zur Not, aber nie wie wir, als bequemes Dauer-Reisemittel. Nach 'ner Weile konnt ich dann endlich weiter. Ich hatte ihm vorher dies und das versprochen, und er machte einen auf Gnädige-Augenzudrückung.
(Außerdem hatte ihn mein Daumen die ganze Zeit schrecklich vorwurfsvoll angeguckt.)

Also, Kinder, genau hier fängt meine Love-Story an. Ich hatte grad 'n gemütlichen Lift erwischt, ging immer easy die Straße lang. Wie gesagt, ich denk an nichts Böses, da ging's mir plötzlich wie im Schlager, da traf ich sie … der Fahrer hält also an, ich dachte, jetz is alles vorbei, so süß war die. (Soooo süüüß.) Mein Herz wurde auf der Stelle zum Schlagzeug. Ich bin ganz froh, daß ich hinten sitz … bum … sie setzt sich

neben mich ... bum, bum ... ich versuch ganz ... bum, bum ... cool zu bleibn ... laß dir ja nichts anmerken ... ganz ruhig bleiben, Junge. Weiß überhaupt nich mehr, was ich sagen soll, das heißt, ich würd am liebsten sagen, hey, du gefällst mir, ich möchte auf der Stelle meine schulfreien Tage mit dir verbringen.

Meine erste Frage war echt originell: «Wo trampst 'n hin?» Da sagt die doch glatt: Finnland. Ich schluck erst mal, aber nach 'n paar Minuten fällt mir schlagartig wieder ein, Finnland? (Sagtest du Finnland?) Das gibt's ja nich, da wollt ich auch grad hin ... Das Land der tausend Seen und die vielen Saunas ...

Ich weiß nich mehr genau, wie es kam, daß sie ihre Meinung änderte, im Radio lief, glaub ich, ein Lied von Georges Moustaki, und dabei muß sie wohl ins Träumen geraten sein. «Ich liebe diese Schangsongs, bei diesen

französischen sentimentalen Liedern könnt ich einfach hinschmelzen.» Sie fing an und sagte, daß sie Land und Leute eigentlich schon immer toll gefunden hätte. Und dabei hatte ich mich grade seelisch auf Helsinki eingestellt.

So kam es, daß wir uns gemeinsam auf die Socken machten, nach Frankraisch. Wir schwärmten uns die ganze Zeit gegenseitig einen vor, la France, Käse, Wein, Baguette, café au chocolat, hurra … la mer, le soleil, wie heißt du eigentlich? Charlie. «Ich bin Jackie. Trampst du eigentlich immer alleine, hast du keinen Schiß?» Ich erzählte ihr von Globe-Paul und dem geilen Lkw-Fahrer. Sie sagte: «Nur manchmal, ich hab immer meinen Schlagring dabei. Aber vorher probier ich immer die sanfte Tour, ich find's ja nett, daß du mich so begehrst, aber leider hab ich im Moment Masern, und das is sehr ansteckend.»

Als wir die Grenze passierten, waren wir richtig hei, total befrankreicht, fanden alles toll, guck ma die Plakate, die Leute, toll Mensch, da, 'n Café, überall was los auf

den Gehsteigen, runde Tische, Pernod, und die Flaschen, und überall die Beulen in den Autos, schön easy angerostet, und da drüben sogar 'n Clochard. Ich glaub, wir hätten uns von Wasser besaufen können, wenn's nur französisch gewesen wär. Woher kam das eigentlich, ich

mein, diese Schwärmerei. Verliebt? In so 'ner Begeisterung kann man jedenfalls viel schneller 'n Kuß landen. (So geschehen mit mir bei ihr.)
Es ging schon auf 'n Abend zu, als wir das Meer erreichten. Wir warn müde und aufgedreht zugleich. Charlie lief direkt aufs Wasser zu und sprang in voller Montur hinein ... «Komm, wir schlafen heut am Strand.»
Zuerst rollten wir aber noch 'ne Bar auf und ließen bei der Gelegenheit unsre ersten französischen Sätze vom Stapel. Jeder sagte einen: «Äng coca cola sivupläh ... e äng sändwitsch jambong» (heißt soviel wie: eine Cola bitte und ein Schinkensandwich).
Während die Sonne dem Meer einen Gute-Nacht-Kuß verabreichte, machte ich dasselbe mit Charlie. Zuerst schmusten wir ganz langsam und dann wie die Wilden. Ich hätt sie am liebsten von oben bis unten abgeschleckt, wenn sie nicht so salzig gewesen wär. Aber es war auch so toll, hätt man glatt 'ne Filmszene drehn könn. Ich dachte die ganze Zeit:

«... und jetzt sterben», weil, schöner konnte sowieso nix mehr werden. Ich kenn da so 'n kleinen Trick, wie man sich an eine schöne Sache erinnern kann. Man läßt einfach ein' guten Song dazu laufen, und irgendwann, viele Jahre später, wenn man den Song im Radio hört oder auf 'ner Fete, kommen die ganzen Erinnerungen zurück. Charlie wollte ein Lied von Moustaki hören. Mit der einen Hand umarmte ich sie, mit der andern versuchte ich die Cassette einzulegen. War gar nich so einfach, drohte fast zu 'ner Fummelarbeit auszuarten, weil, der Cassettenschacht klemmte, aber dann war sie drinnen, und das Band lief. Wir rückten unsere Köpfe dicht zusammen, guckten auf das Meer und warteten auf die Musik. Aber da kam nix. Bis ich merkte, daß wir 'n schönen Bandsalat hatten. Hab mich nich schlecht geärgert, wahrscheinlich war irgendwie Sand in den Motor gekommen.

Die Sonne gab dem Meer noch einen Abschiedskuß

Wir waren die erste Zeit entweder *im* Wasser oder *am* Wasser. La mer, la mer und noch mal la mer. Wir planschten wie die Delphine mit 'nem Ball umher. Nich daß jetzt jemand glaubt, da oben, Normandie, würd's welche geben. Aber im Wasser hatt ich so 'n Gefühl, als ob die Delphine mehr Durchblick hätten als die Menschen, zumindest was den Sinn des Lebens betrifft. Durch die Wellen jumpen und üben, wie man einen Ball auf der Nasenspitze tanzen läßt.

Govinda meinte immer, die Frage nach dem Sinn des Lebens sei überflüssig, sie würde überhaupt nichts beitragen zum Glück, zur Zufriedenheit der Leute. Aber angenommen, man würde sie trotzdem stelln, so aus Spaß. Vorausgesetzt, die Leute wärn nicht zu sehr damit beschäftigt, sich gegenseitig umzubringen. Ich mein, es gibt einige, die sehn den Sinn darin, Frieden zu stiften, Raketen abzubauen, die vergiftete Umwelt wieder ins Lot zu bringen, und das find ich auch toll, aber es ist nich der richtige Sinn. Ich find, das is mehr so 'ne Art eingebrockte Suppe auslöffeln. Also angenommen, die Menschen wären auf dem Niveau der Tiere und könnten sich die Frage leisten nach dem Sinn des Lebens, dann würd ich sagen, fragt die Delphine. Govinda meint, daß man immer wiedergeboren wird, man kommt als irgendwas anderes auf die Welt. Wenn's klappt, hab ich mir vorgenommen, Delphin zu werden. Deshalb schmeiß ich jetzt immer schon viele Bälle ins Meer, damit ich später ma was zum Spielen hab.

ANTIQUITES

Ich bin mit Charlie die ganze Steilküste abgekrabbelt, und wir haben auf den höchsten Abhängen gelegen. An so Stellen, wo die Autos in den Filmen schön dekorativ runterkrachen, und am Felsen von Etretat, wo schon die ganz berühmten Leute langgegangen sind. Nach Haus angerufen hab ich auch, aber nur ganz kurz, gesagt, daß alles in Ordnung sei und so und daß ich inne heiße Romanze verwickelt wär.
Wenn wir im Café warn, hatten Charlie und ich immer niedliche Streitereien, wer wen einlädt. Jetzt geb ich dir einen aus, 'n Café au lait. Sie: Moment mal, du hast mir heut vormittag 'n Caco-calo bezahlt, ich bin dran, nein, ich zahl... Dabei hatten wir ausgemacht, klare Verhältnisse, getrennte Kassen, jedenfalls so, daß alles ungefähr halbe-halbe war. Sie konnte es überhaupt nich ausstehn, daß immer die Männer bezahln.
«Das riecht so nach mackerhafter Spendierhose.»

Was wir auch noch toll fanden, war, daß man sein Essen mitnehmen konnte in die Bars und Kneipen. Kaufst dir einfach in der Boulangerie 'n Baguette, in der Charcuterie 'ne Wurst und bei Alimentation 'n bißchen Margarine.
Und in der nächsten Bar breiteste dich aus und bestellst was zu trinken dazu. Der Ort, wo wir warn, war 'n echter Touristentreff, viel los und voller Leute. Unser Landkartenabklapperer sammelte fleißig Autogramme. Sogar Globe-Paul ham wir getroffen. Er angelte im Hafenbecken rum und schien sich nicht schlecht zu fühlen. Wir ham uns vorgenommen, in den nächsten Tagen zusammen ein Lagerfeuer am Strand zu machen.
Heut hab ich aber erst mal 'n Stapel Pflicht-Ansichtskarten an meine Bekanntschaft geschrieben. Außerdem mußte ich mich ja noch nachträglich für 'n paar kleine Weihnachtsgeschenke bedanken. Ich machte also lauter tiefschürfende Bemerkungen übers Wetter in schön großen

Buchstaben. Wenn Charlie 'ne Ansichtskarte schreiben wollte, verbrachte sie immer 'ne halbe Stunde am Ständer, um sich die schönste auszusuchen. Mir war das gleich. Wie die Karten aussehn, besagt sowieso nix über den Ort. Ich hab rausgekriegt, daß, wenn man verliebt is, die Gegend total anders aussieht. Eine schöne Stadt + eine Liebe = eine tolle Stadt. Eine häßliche Stadt + eine Liebe = eine schöne Stadt. Und eine häßliche Stadt – eine Liebe = der allerletzte Ort usw.

Charlie und ich, wir lebten in Saus und Braus, wenn ich ma so sagen darf, richtige Schlemmerorgien. Sonst teil ich mir ja mein Geld ein, aber wenn ich ♥ bin, kann ich zum Verschwender werden. Die ganzen Menüs, mit ihren vielen Gängen, kannste 'n ganzen Tag am Futtern sein. Um der drohenden Pleite zu entgehen, wollten wir Musik machen, 'ne Zwei-Mann-Band. Ich mit Gitarre, Charlie mit Hut. Irgendwie hat sie's geschafft, 'ne blecherne Gitarre von 'nem Franzosen auszuleihen. Das heißt, sie hat ihren Charme mal kurz spieln lassen. Einige englische Nummern mit nich so viel Griffen hatte ich noch drauf, Blohing in se wind, si änsa mei fränd und so. Aber Charlie wollte unbedingt, daß ich was Französisches mache. Aus meiner Kindergartenzeit konnte ich zwar noch Sür le pong, Darwinjong und Frere Jacke. Doch sie liebte es nun mal sentimental, la Schangsong, Moustaki. Ich mir jedenfalls ein' abgebrochen, Griffe gelernt und Texte gepaukt.

Apropos ein' abbrechen, eine Sache gab's, die fand ich ausgesprochen untoll. Das warn die Klos, da muß man sich in so riesige Fußspuren reinstelln und in der Hocke balancieren. Keine Schangse, dich hinzusetzen. An sich 'ne echte Kulturlücke, nix mit Comix lesen nebenbei. Also, was *den* Punkt betrifft, sitz ich lieber auf 'ner Brille made in Germany.

Wir hatten alle zusammengelegt, Globe-Paul und Landkarti warn für die Getränke zuständig, Cidre und Wein, Charlie und ich für die Fressalien. Nach und nach setzten sich auch noch andere an unser Feuerchen, denn so was zieht an. Wir hatten noch unsere Schepper-Gitarre dabei und konnten uns gemütlich ein' absingen, mit einem Wort: Stimmung und Feelings kamen auf.
So 'n Feuer is wirklich besser als Fernsehn. Hat man nich so 'n nervigen Sendeschluß, verglüht schön langsam. Man sieht auch nicht so viele Politiker, wenn man hineinguckt, und brauch sich auch nicht ständig ihre Sprüche anhörn. Statt dessen 'n schönes Knistern und Knacken. Ich mein, nichts gegen 'n kleines TiVi, aber so 'n Lagerfeuer, kriegste überhaupt keine 4eckigen Augen von.
Wenn man so dasitzt mit Freunden, quatscht, trinkt, 'n bißchen Musik macht, dann merkt man erst, wie wenig man braucht, um sich gut zu fühln. Warum muß man dafür bloß immer so 'n Aufstand machen. Arbeiten, Malochen, Hetze, soviel Personalausweise vorzeigen. Aber

darüber hab ich an dem Abend nich so viel nachgedacht, ich war ja in Charlie verliebt und außerdem 'n bißchen beschwipst. Sagn wir mal, alles wurde easier.

Und dann kam meine große Gefühlsausbrechung. Ich sang Charlie ein Liebeslied, was ich ganz frisch extra für sie komponiert hatte, in C-Dur. Ging ungefähr so: O Charlie, I love you so, for you I take the moon from the sky, and all the stars so high, I will never say good-bye, because I love you, oder so ähnlich ging das dann weiter ... Sag's mir noch mal, Jackie, aber auf deutsch. O je, das war nicht einfach, Kinder, so ungewohnt für meine Zunge. (I love you, ich, I love you.) Na schön, here we go: Ei laf ju.

BAR
SALON
HOTEL
RICARD
CABARET

Am nächsten Tag sagte ich zu Charlie, mach die Augen zu und tipp mit dem Finger auf die Landkarte, auf irgendeinen Ort. Sie ließ sich 'ne Menge Zeit, fuhr mit dem Finger hin und her, bis er bei Petit-Carolles landete. Ich hab ihr dann vorgeschlagen, daß wir uns an diesem Ort wieder treffen sollten. Wozu, fragte sie, und ich sagte ihr, daß man die Liebe so viel spannender machen könnte. Sehnsucht erfinden, heißt das Spiel. Sie verstand es noch nicht. «Es ist doch was Schönes, sich nach jemandem zu sehnen, oder?» –
«An sich schon.»
Wir trennen uns einfach nur, um wieder zusammenzukommen. Ich sagte ihr, daß ich, anstatt mit ihr zusammen zu fahren, Lust hätte, *unterwegs* zu ihr zu sein. Das wär was ganz anderes. Sie sollte vorfahren, und ich würd drei Tage später nachkommen. Treffpunkt an der Post. Na ja, sie fand die Idee erst ziemlich spleenig, aber dann spielte sie doch mit. Nich, daß jemand jetzt denkt, daß zwischen uns schon die große Gewöhnung eingesetzt hätte, aber wenn man zu jemandem unterwegs ist, kann man so 'n stilles Kribbeln spürn, man sagt sich, diese Straße ist sie langgekommen, an diesen Bäumen vorbei, hat dieselben Häuser gesehn, dieselben Felder, vielleicht hat sie an diesem Strand gebadet. (Sie war jedenfalls einverstanden unter der Bedingung, daß wir hinterher zusammen ganz Frankreich erobern.)
Bevor wir unsern «Plan» durchführten, zogen wir erst noch durch 'n paar Kneipen und Bistros in der Stadt (welche, die nich so teuer warn), denn Charlie liebte das französische Stadtgewimmel sehr.
Wir schauten den Alten beim «Jeu de boule» zu, kann man auch Pétanque zu sagen (so wie Boccia), wo man mit 'ner großen Kugel ganz nah an eine schwarze kleine werfen muß, und wer am nahsten dran is, hat gewonnen. Is so 'n richtiger Massensport, überall, wo irgendwas Parkähnliches is, kann man sie spielen sehn.
Ich find, was die alten Leutchen betrifft, die sind hier irgendwie 'n bißchen mehr vorhanden als bei uns. «Wie meinste denn das?» fragte Charlie. «Die ham noch nich diese Dahindämmerung wie im Altersheim, hocken noch voll am Tisch, sind irgendwie gut drauf.»

Charlie meinte, das gilt nur für Männer, weil, alte Fraun würde sie nich so viel sehn. Vielleicht sitzen sie zu Haus, sagte ich. Wir fingen fast an zu streiten, was weiß ich, vielleicht müssen sie grade die Socken flicken oder die Baskenmützen in die Reinigung tragen. Das machte Charlie fuchsteufelssauer, das hättst du wohl gern. Ich sagte, na schön, dann sind sie eben früher gestorben oder im Kino. Jedenfalls waren wir zum Schluß der gleichen Meinung, daß die alten französischen Herrn wesentlich unverrosteter wärn als die Autos.

Was *unsere* Socken betraf und so die ganze andere Wäsche, ham wir alles immer selbst gewaschen und handgerubbelt. Jeder seine eigene. (T-Shirts, Hemden etc.) Nur was tun mit den nassen Klamotten, wenn man keine Schleuder dabeihat? Wir ham rausgekriegt, daß 'ne Ente 'n prima Wäschetrockner abgibt. Einfach Dach auf und flattern lassen. T-Shirts gehn am schnellsten, so 10 Minuten. Wollsocken + Feinwäsche dauern mindestens dreimal so lange, und für 'ne Jeans braucht man mindestens 'n Drei-Stunden-Lift und 30 Grad bei sagn wir mal 80 km/h Mindestgeschwindigkeit.

Wir verabredeten uns in drei Tagen, 16 Uhr, Petit-Carolles, à la poste, und falls einer den andern nicht antrifft, eine Stunde später, bis acht Uhr, und dann, falls immer noch nicht, noch einmal um zehn, daß auch ja nix schiefgeht.
Charlie (mit Schlachring in der Tasche) kriegte natürlich gleich 'n Lift, Abschiedsküßchen, winkewinke, und schon war sie weggedüst.

elf
CONFORMA

Ich also mein Einzelprogramm gestartet und darauf gewartet, daß sich die Sehnsucht einstellt.
Zuerst kriegte ich nur 'n paar kleine Entzugserscheinungen, ich mein, ich mußte mich erst wieder an mich gewöhnen. Im Café zum Beispiel, äng schokolah statt dö schokolah. Und so ganz einfache Sätze wie ‹guck ma, die Sonne› oder ‹sieh ma, den lustigen Opa da drüben› mußt ich mir jetzt selber sagen, statt rauszulachen lernste in dich reinzukichern. (Und das Zelt mußt ich auch wieder alleine aufbaun.) Wenn man ohne Begleitung is, sieht man die Welt mit ganz anderen Augen. Mich hat das nie umgehaun, mal allein durch die Gegend zu tapern. Irgendwie trifft man andere Leute, und in der Phantasie läuft 'n ganz anderer Film. Nur mit der Sprache war's schwieriger. Charlie konnte viel besser Franz als ich und hatte mir immer mit lauter Vokabeln ausgeholfen. Ich merkte erst jetzt, was ich für Lücken hatte, und mußte mich die ganze Zeit mit Händen und Füßen durchwursteln. Nach drei Tagen hatte ich 'ne Menge Sehnsucht zusammen, aber ich kriegte auch 'n Schreck, weil, ich hatte überhaupt nich gescheckt, wie lang man nach Petit-Carolles braucht. Außerdem war ich inner total toten Gegend gelandet (die Landkartenäktschn hatte ich immer Charlie überlassen). Ich hab mich mitten auf die Straße gestellt, Riesenschilder gemalt, rumgewunken und gefuchtelt, aber außer 'ner kleinen Beinah-Überfahrung hat sich nix getan. Ich war drauf und dran, mich hinzusetzen und ein' abzuheulen, als, o Wunder, meine letzte Rettung erschien. Sie kam in Form eines R 4 herangerattelt, und ich nahm mein ganzes Französisch zusamm, um den Fahrer lobzupreisen. Merci Chérie, tre bjäng von Ihnen. (Das gibt's ja nicht, er fuhr auch nach Petit-Carolles.)
Aber Kinder, Jackie hatte sich mal wieder zu früh gefreut, denn was danach einsetzte, war 'ne echte Pannenstory. Zuerst verklickerte er mir, daß ich seinen Wagen 'n Stück schieben müßte.
«... isch abe einön kleinön Schadön. Därr Motor, ärr at Ölvärrluhst.
Isch muhß alten bei eineh garasch ...
Ich sagte: «Je kompreng.» –
Nur ain paar kleineh 'ügel ...»

Renault
2 Kilomètres

Ich war total schlapp, aber in der Werkstatt (sprich ügo) keimte so was wie neue Hoffnung. Wir mußten zwar erst noch 'n gemütliches Mittagspäuschen des Meisters überstehn, aber vielleicht gibt der Typ, wenn er sein Öl hat, dafür hinterher 'n bißchen mehr Gas.
Lief alles ganz anders. Statt Charlie zu treffen, lernte ich 'ne Menge Vokabeln, Vorderachse, Kotflügel etc., weil, nach und nach fiel die ganze Kiste auseinander. Sogar die Flics mußten lachen. Ich war nervös, und der R4-Heini fluchte. Die ganze Zeit lang, Merde le dies, Merde le das. Als das Rücklicht ausfiel, mußte ich Blinker spieln. Ich saß auf der Rückbank, und er dirigierte vor jeder Abzweigung à gauche, à droite. Ich versuchte ihm zu erklären, daß bei uns die Kiste längst aus'm Verkehr gezogen wär: «Äh ... chez nous ... la kiste perdü ... à la Müllhalde.» Er hat nur den Kopf geschüttelt, unglaublisch, impossible. Er sagte, in Frankreich gäb's pas de TÜV.

80
RAPPEL!
BOSCH

So kurz nach einem halben Jahrhundert kam der Rostlaubenschrottkistenmensch endlich an. Ich rechnete ma kurz nach. Zu Fuß hätt ich auch nich länger gebraucht und wär weniger ölverschmiert gewesen. Außerdem hat er mir unterwegs noch Benzingeld abgeknöpft, sonst hätten wir schon auf halber Strecke schlappgemacht.
Ich hab bei der Post nach Charlie gesucht, vielleicht 'n Zettel oder so was Ähnliches, alle Cafés, Bistros und Bars durchgeäugt, die Campingplätze abgeklappert, zum Schluß sah ich nur noch lange Haare und Hüte. Wen ich plötzlich getroffen hab, war Globe-Paul. Sah aus wie Tarzan, leicht angefetzte Kleidung und so. Er erzählte mir, die hätten versucht, ihn zu vergewaltigen, drei kleine Italiener. «Dabei warn die erst so nett zu mir, von wegen meiner schönen tiefen Stimme, und so 'n klassisches Profil ...»
Ich sagte ihm, er soll sich eben nich so auf Anmache anziehn, nich mehr so doll schminken. Er gab mir recht, völlig klar, werd in Zukunft strenger angezogen reisen ... Na ja, und dann kam plötzlich der Hammer (kalte Dusche). Er sagte, Charlie könnt ich vergessen, er hätt sie vorhin am Strand gesehn, aber nich allein. «Hat sich 'n Franzmann geangelt, deine Süße ...»

Ich erst mal … schluck, würg … Kennt ihr das Feeling? (Um noch mal auf Bio zu kommen:) Normalerweise verteilt sich ja das Blut im ganzen Körper, aber es gibt auch Situäschns, da fällt's eim in die Füße. (So geschehen mit mir.) Ich wetzte natürlich im Rekordtempo zum Strand. Als ich sie mit ihrem kleinen Franzosen sah, kriegte ich 'ne sofortige Mundaustrocknung. Ich war schon auf Liebeskummer-Anfall eingestellt, da mußte ich plötzlich an die alten Schwarzweiß-Filme denken, von früher mit den coolen Typen und so. Ich also ganz locker auf die beiden zugeschlendert.

«Hei, nett, euch zu sehn …»

«Huch», meinte Charlie, «wo kommst du denn her … ich … wir dachten, du würdest nicht mehr kommen …»

«Dafür is ja der Franzmann erschienen …»

Sie sagte, ich solle nur weiter lästern. Schließlich wär es ja meine Idee gewesen mit dem Wegfahren und Wiederankommen. Klar, es würde ihr leid tun, wär keine böse Absicht und so. Sie hätte «ihn» à la poste getroffen und zusammen mit ihm auf mich gewartet. (Er hätte sie sogar noch getröstet!)

«Welch mitfühlend Herz, dein Franzose.»

«Mach dich nur lustig über ihn! Jean-Jacques liebt mich und hat auch den Mut, es mir zu sagen, im Gegensatz zu dir.»

«Na hör ma, ich hab's dir sogar gesungen …»

Aber sie meinte, ich hätt's nur in Englisch gebracht, und dabei ließ sie sich die ganze Zeit von ihrem Franzosen bewispern ... oui, oui je täm, je täm, toujours, l'amour ... kühs misch ... mon chérie. Vor meinen Augen knutschten die sich einen, aber das war noch gar nichts, dann brachte sie nämlich *die* Sprüche, echte Klöpse (von der sentimentalen Sorte), laß uns nich alles verderben, nich die Erinnerungen kaputtmachen und so, wir hätten immerhin eine schöne Woche verbracht.
«Schöne Woche? Kenn ich nicht.»
«Du bist nur sauer, Jackie, laß uns Freunde bleiben, unserm Sonnenuntergang zuliebe.»
(Ich schlug eiskalt zurück.) «Sonnenuntergang? Du meinst die große bunte Ansichtskarte ...»

Na ja, Kinder, nachdem ich so meine coole Phase beendet hatte, setzte 'ne vorübergehende Schmelzperiode ein. Ich schlug vor, wir könnten die Sache doch einfach vergessen und zusammen weitertrampen. Den Streit begraben. Aber nein, sie fand es einfach zu irre, so 'n Franzmännchen zu haben. «Ich liebe ihn, und außerdem kann ich meine Sprachkenntnisse aufbessern.» Schlachartig setzte meine Leck-mich-Phase ein.
«Ich möchte ma wissen, was dir so gefällt an diesem Baskenmützli!»
«Ich finde sie sooo süüß, diese kleinen Franzosen, zum Knuddeln ...»
«Wart nur, bis er groß is, dein Knutschgockel, gammelt in den Bars rum, säuft Anis, stinkt nach Alkohol, kriegt 'n roten Weinzinken und muß ständig auf diesen Klo-Konstruktionen hocken, weil er vom vielen Weißbrotfressen Verstopfung hat ...»

... ich brauchte jetzt dringend was Süßes!

Ich motzte ziemlich unaufhaltsam weiter, bis sie die Schnauze voll hatte von mir. Kann ich im nachhinein voll verstehn, so 'n eifersüchtiger ehemaliger Liebhaber is was Nerviges. Aber das kam eben alles so plötzlich. Ich wär gern 'n bißchen easier gewesen, aber ich konnte überhaupt nich richtig reden mit ihr, weil, das Franzmännchen hat sie die ganze Zeit bearbeitet. Sie hat gesagt, ich hätt alles zerstört, unsere ganzen Erinnerungen wärn hops. Aber ich sagte, das wär mir egal. Außerdem fahr ich nächstes Jahr sowieso in die USA, wo ich diese ganzen Schangsongs nich mehr hörn muß, inclusive ihren Schorsch Mußschokolati,und wenn mir da 'n heißes Mädchen übern Highway läuft, brauch ich nur «I love you» sagen.
So war das Ende mit Charlie. Sie schnappte sich Klein-de-Gaulle, und während sie mit ihm Richtung Strand verduftete, mußte ich dringend

zur nächsten Patisserie, ich brauchte nämlich jetzt was ausgesprochen Süßes, z. B. viele leckere Erdbeertörtchen, die auf mich warteten.

Ich gab also 'ne mittlere Großbestellung auf. Hab zuerst auf alles gezeigt, was Erdbeern drauf hatte, aber auch andere Sachen. Zitronentörtchen, Brioches, die ganzen Tartelettes. (Mein armes Taschengeld, aber es mußte sein.) Diese kleinen Dinger, die nach Alkohol schmecken, mit Kirsche drauf, und welche von den braunen, mit Sahne dazwischen. Falls übrigens keiner weiß, was Pfannkuchen auf französisch heißt: Boule de Berlin (sprich: bul de Berläng). Die Verkäuferin startete jedenfalls 'ne riesen Karton-Äktschn mit rosa Schleife und so, obwohl ich sagte, nich nötig, ich esses gleich, «je mangsch now». Machte ziemlich große Augen: «Nischt für eineh Geburtstagsfeiör?»

«Nee», sagte ich, kein Geburtstag. Kummer d'amour.

Ich mir also 'ne einsame Bank gesucht und zu futtern angefangen. Die Kekse mit Birnengelee warn echt lecker. Ich mußte plötzlich daran denken, daß die zwei sich jetzt irgendwo am Strand ein' abknutschen ... die Törtchen mit Zitrone kamen auch nich schlecht ... Jetzt gehört ihr Körper ihm ganz allein ... schnell noch 'n Erdbeertörtchen. Mein Zukkerspiegel hatte inzwischen auch den totalen Aufstieg gekriegt, was

bedeutete, daß meine kleine Nasch-Orgie in einem Nickerchen auf der Bank endete. (Für alle Französischfachleute: Nickerchen heißt petit somme.)

Mein letzter Süßigkeitsrausch war das allerdings nicht geblieben. Und mit der Zeit bekam ich echt Verfallserscheinungen. Nickerte nur noch so durch die Gegend, Patisserie-Schachteln pflasterten meinen Weg, will ma sagen, zwei Wochen hatte ich an der Sache zu knabbern.

Globe-Paul versuchte, mich 'n bißchen aufzumuntern. (Im Moment reist er übrigens als Nonne rum.) «Hab ich dir ja gesagt, immer nur Trabbel mit die Weiber, aber das vageht. Die großen Sachen komm' erst noch, wennde heiratest, Scheidung, Gören, Unterhalt, so 'ne kleine Sommerliebe steckste doch lässig weg, Kleena.»

Er wollte noch 'n bißchen in Frankreich bleiben, aber unsereins hatte keine große Lust mehr dazu. Ich fuhr so 'n bißchen grad drauflos, ohne Ziel, immer in Asphalt-Nähe, und wartete erst mal darauf, wieder zu voller Tramperstärke aufzulaufen.

Zuerst kriegte ich aber noch so 'ne Art toten Punkt. Is ganz komisch, du hängst wie weggetreten auf'm Sitz, ziehst den Mittelstreifen in dich rein, fühlst dich nich gut, fühlst dich nich schlecht, bist nich glücklich und nich traurig, hast so 'ne angenehme Gleichgültigkeit. Dann fragste dich, wer bin ich, was mach ich hier eigentlich? Und nach 'ner ganz schönen Weile dämmert's dir, ach so ... ich bin Jackie ... unterwegs im Schuhkarton.

Auf der einen Seite hat Govinda recht gehabt, ich mein die Sache mit dem Vergänglichkeitsdingsbums. Alles was so passiert ist, auf den Seiten davor, ist zu Ende, weg. Trotzdem werd ich 'ne Menge davon im Kopf behalten, die Namen, die Orte, meine Love-story, die ganzen technischen Vokabeln. Ich weiß jetzt, was z. B. Kotflügel auf französisch heißt: ‹aile›, oder Wagenheber: ‹cric›. ‹Radiateur› ist der Kühler, und das kleine Wörtchen ‹rouille› bedeutet nichts anderes als Rost. Und falls ich trotzdem alles langsam vergessen sollte, dann kann von mir aus die Charlie-Story, 2ter Teil, ruhig dabeisein.

Das war an sich schon alles, was ich erzähln wollte. Wenn ich wieder daheim bin und der Herbst kommt, freu ich mich schon auf mein ‹grand somme›. Werd bestimmt nich viel verpassen, wenn's draußen nur regnet und zieht. Und dann gibt's irgendwann Winter. Nich daß ich irgendwas gegen diese Jahreszeit hätte. Meine Klassenkameraden ham mir erzählt, daß zwischen November und März rum die ganzen Sachen weiß wärn, würde dufte aussehn, wie 'ne große Decke, unter der alles schläft, so 'ne Art Schlafsack in Natura. Die Seen und Flüsse solln zugefrorn sein, und die Leute ziehn sich Metalldinger an, um drauf rumzuschliddern. Falls ich Weihnachten zufällig aufwachen sollte, werd ich ma 'n Blick nach draußen werfen.

P. S.: 'ne kleine Sache noch, ich weiß jetzt, warum ich so ins Träumen kam auf der Rückfahrt, das war so: Der Beifahrer wollte ma eben 'ne Cassette reintun, in der DDR, hat sich am Cassettenschacht ein' abgefummelt, und raus kam Bandsalat, und da hat's bei mir Klick gemacht, Sonnenuntergang und so. (Danach hab ich gedacht, wenn Charlie so weitermacht, wird sie mal viele Franzmännchen in die Welt setzen oder 'ne Sauna in Finnland aufmachen.)
P. P. S.: Bei dem Gedanken mußte ich mir erst mal ein' abkichern.

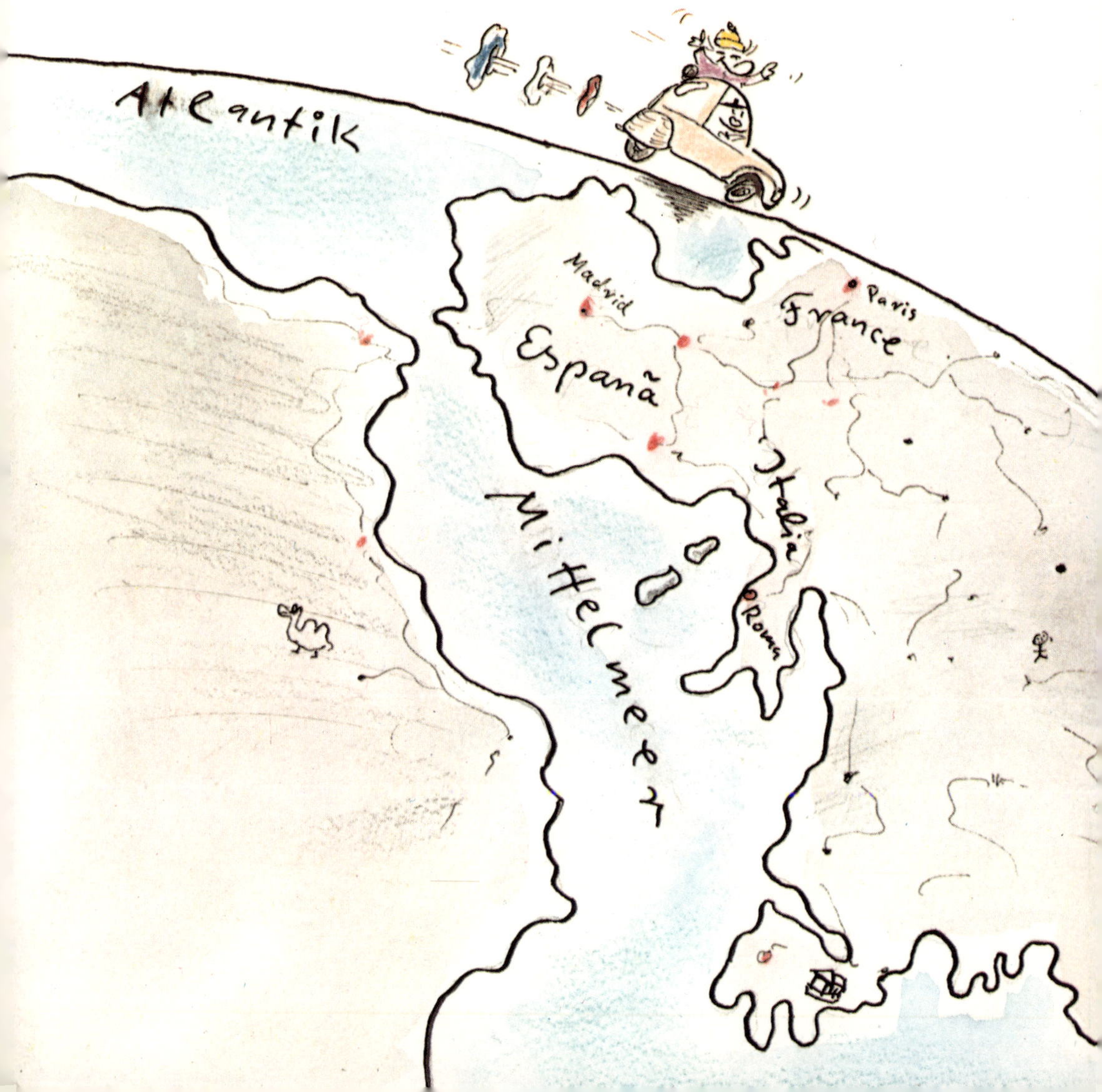
Atlantik
Madrid
Paris
Espanã
France
Italia
Roma
Mittelmeer